AF474504

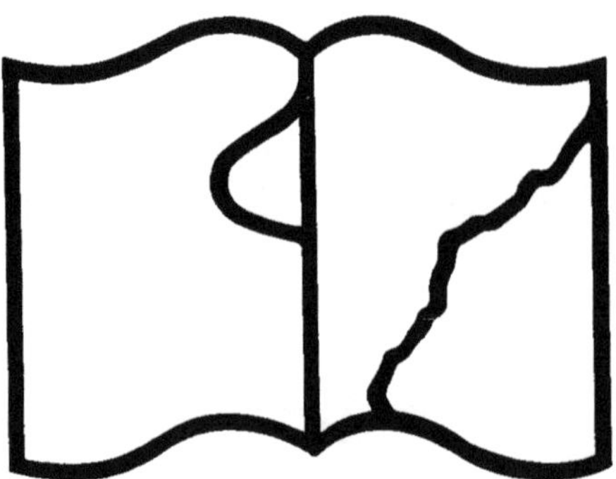

TANTE NICOLE

Pourquoi? Pourquoi?

ILLUSTRATIONS DE BIRCH

PARIS
LIBRAIRIE CH. DELAGRAVE
15, RUE SOUFFLOT, 15

LES

VOLEURS DU GRAND MONDE

SOCIÉTÉ ANONYME D'IMPRIMERIE DE VILLEFRANCHE-DE-ROUERGUE
Jules BARDOUX, Directeur.

TANTE NICOLE

POURQUOI? POURQUOI?

ILLUSTRATIONS DE BIRCH

PARIS
LIBRAIRIE CH. DELAGRAVE
15, RUE SOUFFLOT, 15

1891

POURQUOI? POURQUOI?

Lydie a eu un œuf à son déjeuner.

Elle l'a mangé fort proprement, car Lydie est une petite fille très bien élevée.

L'une après l'autre, elle y a trempé ses mouillettes et les a portées à sa bouche, sans laisser la plus petite larme jaune ou blanche tomber sur sa serviette.

L'œuf est fini, la coquille est vide ; Lydie la replace dans son coquetier.

— Un instant, dit le papa ; il faut briser la coquille.

— Pourquoi ? demande Lydie.

— Pour empêcher qu'il ne roule et ne se brise en tombant à terre, dit bonne-maman.

— Pour montrer qu'on a mangé son œuf tout entier, dit Édouard, à qui on reproche toujours de laisser quelque chose sur son assiette.

— Et pour faire voir par là qu'on ne « chipote » pas, ajoute Emma, qu'on accuse d'être un peu « chipotière ».

— Pour prouver qu'on a fini le sien et qu'on en veut bien un second, déclare Victor.

— Pour qu'on ne soit pas tenté de faire une farce en retournant son œuf sur son coquetier et en l'offrant à quelqu'un, dit Max, le grand frère, qui s'était rendu plusieurs fois coupable de ce méfait.

— Parce que c'est comme cela que font les grandes personnes, affirme la « toute petite », le numéro sept de la famille, qui n'aime rien tant que de jouer à la dame.

— Eh bien, ce n'est pour aucune de ces raisons-là, dit papa.

— Pour aucune de ces raisons-là ?

— C'est pour obéir au décret du roi !

— Au décret du roi ?

Lydie sauta sur les genoux de son père.

— Pourquoi, pourquoi, dit la petite fille,
Faut-il donc de son œuf écraser la coquille?

— Pourquoi? pourquoi?
Tu le sauras une autre fois.

— Pourquoi, petit papa, dit la petite fille,
Faut-il donc de mon œuf écraser la coquille?

— Pourquoi? pourquoi? gentille enfant,
Tu le sauras en m'écoutant.

Il y a bien, bien des années, dit le papa de Lydie, les pygmées envahirent le royaume de Tout-à-la-Joie.

Où ce royaume est-il situé, c'est ce que je ne saurais dire au juste, et le temps me manque pour le chercher sur la carte : ce sera pour une leçon de géographie supplémentaire.

Les pygmées donc avaient envahi ce royaume, où régnait le roi Bonasse Ier.

Les sujets du roi Bonasse Ier étaient les hommes les plus heureux de la terre. Les récoltes de Tout-à-la-Joie étaient toujours magnifiques, le miel plus sucré et plus parfumé que partout ailleurs; les cheminées n'y fumaient pas ; les horloges ni les serrures ne se dérangeaient jamais, et les bébés y étaient les plus sages du monde.

Mais voilà qu'un beau jour les bébés se mirent à être méchants, les abeilles à ne plus vouloir faire de miel, les enseignes des marchands à changer de place et les pendules à se déranger.

Qu'était-il donc arrivé ?

C'étaient les pygmées qui faisaient des leurs.

Qu'est-ce donc que les pygmées ?

Ce sont de petits êtres, pas plus hauts que ma botte, et qui sont bien les créatures les plus malfaisantes qui existent.

Selon les pays, on les appelle lutins, farfadets, gnomes ou korrigans ; mais korrigans, gnomes, lutins ou farfadets, ils ne sont jamais occupés qu'à faire le mal.

Une fois arrivés dans le royaume de Tout-à-la-Joie, ils n'eurent rien de plus pressé que de tout bouleverser.

Si Bébé était bien installé dans son petit fauteuil, pendant que maman était occupée à étendre son linge dans la cour, un lutin arrivait, grimpait sur le dossier de son siège et s'amusait à lui tirer les cheveux.

Un autre venait lui gratter le mollet.

Un autre venait lui chatouiller le bras ; un autre encore lui prendre ses joujoux.

Un troisième se permettait, sans y être autorisé, de venir manger dans son assiette, lui enlevant la cuiller des mains quand Bébé allait la porter à ses lèvres, ou bien jetant du sel dans sa bouillie en place de sucre.

Que faisait le pauvre Bébé ?

Que pouvait-il faire ?

Il s'en prenait à ses yeux et se mettait à pleurer.

N'est-ce pas ce que tu aurais fait à sa place ?

Il pleurait et criait, et criait si bien que sa mère venait bien vite pour voir ce qui le tourmentait.

Alors les méchants lutins profitaient de l'occasion.

Pendant que la mère accourait près de son enfant, eux couraient bien vite dans la cour, arrachaient le linge des cordes où la ménagère l'avait étendu, et se mettaient à le promener sur le sable, dans la boue, la poussière...

La pauvre femme s'élançait après eux ; mais c'est qu'avec leurs petites jambes ces lutins couraient comme le vent, et la ménagère avait grand'peine à rattraper ses nappes, ses draps et ses serviettes, qui allaient se promener sans permission.

Les pauvres abeilles n'étaient pas plus heureuses. En personnes raisonnables, sérieuses et laborieuses qu'elles sont, elles s'occupaient tranquillement et diligemment à fabriquer leur miel, à le mettre en pot pour l'hiver. Les lutins arrivaient, et, comme ils sont très gourmands, ils chassaient les abeilles pour s'emparer de leurs confitures parfumées; même, ce qui était le plus sensible à ces graves et doctes dames, ils se moquaient d'elles, les raillaient, et allaient même jusqu'à leur faire des pieds de nez.

Tu vois, dit le papa de Lydie, si ces lutins étaient insupportables.

— Oui, mais pourquoi, dit la petite fille,
Faut-il donc de mon œuf écraser la coquille?

— Pourquoi? pourquoi?
Tu le sauras une autre fois.

— Pourquoi, petit papa, dit la petite fille,
Faut-il donc de mon œuf écraser la coquille?

— Pourquoi? pourquoi? gentille enfant,
Tu le sauras en m'écoutant.

Le papa de Lydie reprit :

Les lutins devenaient de plus en plus méchants.

Un de leurs plaisirs favoris, c'était de retourner à l'envers les bras des poteaux indicateurs, placés dans la campagne pour apprendre leur chemin aux voyageurs.

Un pèlerin arrivait-il devant un de ces complaisants donneurs de renseignements, il demeurait tout ahuri. Il s'attendait à lire Rome, — où il allait, — et il voyait écrit Pékin...

« Je sais bien, disait-il, que tous les chemins mènent à Rome; mais tous ne sont pas également directs. »

Et il demeurait devant le poteau à se gratter la tête, se demandant ce qu'il allait faire.

S'il avait eu de bons yeux, il aurait pu voir un petit gnome installé sur le haut du poteau, son bonnet de coton en tête, ses jambes croisées et lui faisant les plus laides grimaces.

Mais il faut pour cela des yeux comme ni lui, ni toi, ni moi, n'en avons.

Dans le pays de Tout-à-la-Joie, les pendules avaient marché jusque-là le mieux du monde.

Voilà qu'un beau jour elles se mettent, les unes à avancer, les autres à retarder, et même à ne plus marcher du tout et à carillonner sans raison.

C'était encore une farce des farfadets, qui s'amusaient à faire faire demi-tour à droite ou demi-tour à gauche aux aiguilles, ou bien à pousser le balancier à l'aventure, ou bien encore à s'en servir en guise d'escarpolette.

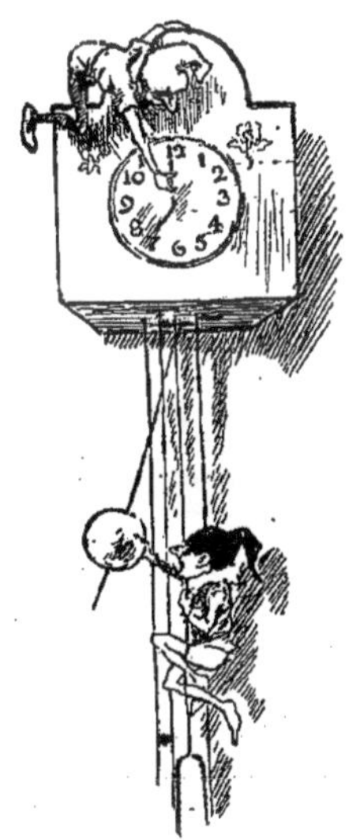

Ce doit être très amusant, en effet, de se « balancer » sur un « balancier ».

Qu'arriva-t-il de tout cela ?

C'est que rien ne fut plus fait à l'heure.

La ménagère, entendant sonner cinq heures, se dépêchait de se lever et était tout étonnée de voir qu'il faisait encore nuit. Pensant que le soleil s'était attardé là-haut, elle se mettait à préparer la soupe; puis elle réveillait son mari, qui maugréait, se renfonçait dans le coin et dormait jusqu'à midi, attendant toujours que l'horloge sonnât six heures.

La femme mettait le pain au four, en ayant bien soin de consulter le cadran; mais celui-ci la conseillait si mal qu'elle retirait toujours ses

miches ou trop tôt ou trop tard, si bien que parfois elles étaient converties en charbon et d'autres fois restaient en bouillie.

Le mari n'était pas content, et il battait sa femme.

Tantôt on donnait à manger aux vaches trois fois par jour, si l'horloge sonnait trois fois midi; tantôt on ne le leur donnait pas du tout, si elle ne sonnait pas l'heure de leur repas.

La ménagère n'était pas contente, et à son tour elle grondait ses servantes.

Et puis c'étaient les enfants qui un jour accouraient à l'école avant que la porte fût ouverte, et qui le lendemain y arrivaient quand elle était fermée.

Le maître n'était pas content, lui non plus, et il donnait des punitions à ses élèves.

C'étaient encore les clefs qu'on ne trouvait pas quand on en avait besoin.

La femme voulait-elle ouvrir l'armoire aux provisions pour faire des tartines de confitures à ses bébés, ou bien le cabinet noir pour mettre l'un d'eux en pénitence : plus de clef!

Le mari voulait-il descendre à la cave chercher une bouteille de vin pour régaler un ami et pour se régaler par la même occasion : plus de clef non plus!

Il se mettait de nouveau en colère et de nouveau battait sa femme.

Pour finir, en un mot, les lutins avaient tout bouleversé dans le royaume de Tout-à-la-Joie.

— Cela ne m'apprend pas, dit la petite fille,
Pourquoi de l'œuf il faut écraser la coquille.

— Pourquoi? pourquoi?
Tu le sauras une autre fois.

— Pourquoi, petit papa, dit la petite fille,
Faut-il donc de mon œuf écraser la coquille?

— Pourquoi? pourquoi? gentille enfant,
Tu l'apprendras en m'écoutant.

Les lutins étaient donc devenus de plus en plus taquins et insolents.

Ils auraient fait perdre patience à tous les saints du paradis!

Le peuple du royaume de Tout-à-la-Joie, n'étant pas composé de saints, n'était pas doué de plus de patience que les saints n'en possèdent eux-mêmes, si bien qu'un jour ils se soulevèrent, s'assemblèrent dans les rues et déclarèrent qu'il fallait absolument que cet état de choses cessât.

Ils en avaient assez d'entendre leurs bébés gémir sans cesse, de ne plus savoir l'heure et de ne plus pouvoir ouvrir une porte faute de clef.

Les enfants gagnaient des enrouements à force de crier, les parents des gastrites à force de prendre leurs repas irrégulièrement, et personne dans la maison ne pouvait changer de chemise, la clef de l'armoire au linge ayant été dérobée par les malicieux petits voleurs.

On aurait été exaspéré à moins.

Aussi, après avoir délibéré bien longtemps sur la place publique,

Après avoir fait des discours qui n'en finissaient plus,

Après avoir débité bien des inepties et bien des sottises,

Le peuple résolut d'envoyer des députés au roi, pour le prier d'aviser et de faire cesser ces désordres le plus promptement qu'il pourrait.

On se réunit de nouveau sur la grande place, on délibéra de nouveau, on fit de nouveaux discours, et on finit par choisir une douzaine de députés à envoyer au roi.

Chacun de ces députés alors se retira dans le silence du cabinet, s'enfonça dans ses réflexions, barbouilla d'encre je ne sais combien

de rames de papier, puis sortit de sa retraite avec un gros rouleau sous le bras.

Dans ces rouleaux étaient portées toutes les plaintes que les habitants de Tout-à-la-Joie, les sujets humbles et soumis de Bonasse Ier, avaient à formuler contre les farfadets.

On vit alors une longue file de graves personnages s'avancer vers le palais du roi, portant chacun son rouleau, et continuant à pérorer, à discuter, à argumenter.

Le roi Bonasse écouta avec beaucoup de « bonassité » les doléances de ses très humbles sujets, et promit de prendre des mesures pour délivrer son peuple de ses invisibles petits tyrans.

. . . .

. . . .

— Cela ne m'apprend pas, dit la petite fille,
Pourquoi de l'œuf il faut écraser la coquille.

— Pourquoi? pourquoi?
Tu le sauras une autre fois.

— Pourquoi, petit papa, dit la petite fille,
Faut-il donc de mon œuf écraser la coquille?

— Pourquoi? pourquoi? gentille enfant,
Tu l'apprendras en m'écoutant.

Donc le roi déclara qu'il allait prendre des mesures pour délivrer son royaume des lutins qui avaient fini par exaspérer ses infortunés sujets.

En conséquence de quoi un héraut, couvert de vêtements magnifiques aux armes du roi, et monté sur un superbe cheval richement harnaché, parcourut les rues de la ville en sonnant de la trompette, pour annoncer au peuple qu'il avait quelque chose à lui dire de la part de son souverain. Quand tout le monde fut assemblé, il leur montra l'édit royal, qui était ainsi conçu :

« A tous les sages, savants, sorciers, mages, devins, enchanteurs, magiciens, écoliers, érudits de toute condition, de tout rang et de tout âge de notre royaume, j'adresse ces paroles, les requérant, moi, leur féal souverain, de se mettre en campagne pour trouver le meilleur remède, capable de débarrasser notre royaume de la peste qui s'est abattue sur lui, sous forme de pygmées, nains, farfadets, gnomes, quelque nom qu'on veuille leur donner. Ces êtres haïssables tourmentent nos féaux et bien-aimés sujets et ne leur laissent pas un instant de repos; nous avons donc résolu de les en délivrer. »

Ici le héraut interrompit sa lecture, tira de sa trompette un son retentissant, qui amena autour de lui de nouveaux auditeurs.

Il reprit :

« Celui qui réussira obtiendra, comme récompense, la main de notre fille bien-aimée, la princesse Fanfreluche, qui vient d'entrer dans son quinzième printemps. »

La trompette sonna, de nouveau et les cris de « Longue vie au roi ! longue vie à la princesse Fanfreluche ! » partirent de tous côtés.

Ici une nouvelle sonnerie de trompette, en l'honneur de la princesse Fanfreluche et de ses quinze printemps.

Le héraut reprit :

« Ceux qui ne réussiront pas à trouver un moyen sûr et certain de produire l'effet désiré et de délivrer notre peuple — notre féal et bien-aimé peuple — des lutins, gnomes, farfadets, korrigans, pygmées, qui le tourmentent, seront bannis de notre royaume, de notre royaume de Tout-à-la-Joie, et ne pourront jamais y rentrer.

« Le présent édit sera affiché sur la place du marché, pour y être lu par tous, et défense expresse est faite à quiconque d'oser y porter la main pour le déchirer, le lacérer, l'effacer ou le tacher.

« Fait pour l'amour du bien public, et donné sous notre royal

sceau et seing, en notre royal palais, dans notre bonne ville de Tout-à-la-Joie. »

Enfin le monarque avait pris en commisération les maux de ses infortunés sujets et allait y porter remède!

Aussi des cris de joie et de bénédiction s'élevèrent-ils vers le ciel.

— Cela ne m'apprend pas, dit la petite fille,
Pourquoi de l'œuf il faut écraser la coquille.

— Pourquoi? pourquoi?
Tu le sauras une autre fois.

— Pourquoi, petit papa, dit la petite fille,
Faut-il donc de mon œuf écraser la coquille?

— Pourquoi? pourquoi? gentille enfant,
Tu l'apprendras en m'écoutant.

Aussitôt que le héraut eut proclamé l'édit du roi dans les rues de la capitale et qu'il l'eut placardé sur la place du marché, il mit son cheval au galop pour aller le proclamer dans toutes les villes, bourgs, villages, hameaux du royaume de Tout-à-la-Joie.

Alors, de tous les collèges, de tous les établissements d'enseignement, sortirent des écoliers, des savants, des professeurs, qui prétendaient avoir trouvé le moyen d'expulser les intrus qui s'étaient établis dans le royaume. Ils formaient sur toutes les routes de longues, longues processions de l'aspect le plus bizarre, et qui ressemblaient pas mal à une tribu de fourmis, chassée de sa fourmilière et en quête d'une autre demeure.

Parmi ces savants, il y en avait de tout âge : de vieux, vieux, qui semblaient les contemporains de Mathusalem; d'autres au contraire qui avaient l'air de quitter les bancs de l'école, quelques-uns même de sortir de nourrice. Ces derniers restaient en arrière, car leurs jambes n'étaient pas encore longues, et on les aurait plutôt pris pour des écoliers qui vont en classe que pour des savants appelés par leur roi pour lui donner des conseils dans une occasion importante.

Les uns marchaient courbés vers la terre, comme accablés sous le poids de leur pensée.

Les autres s'avançaient le nez en l'air, comme gens comptant sur leur science et sûrs d'avance de répondre victorieusement aux désirs du monarque.

Ils portaient pour la plupart de grandes fraises et de volumineuses perruques, et sur leur nez étaient installées de formidables paires de lunettes.

Mais, parmi toutes ces doctes personnes, vous en eussiez vainement cherché une seule digne d'épouser l'aimable princesse Fanfreluche, qui ne comptait encore que quinze printemps.

Nombre de ces savants pliaient sous le poids d'un gros livre qui résumait toute leur science.

Ces livres étaient aussi volumineux que leur perruque ou que le grand livre de la dette publique, qui, paraît-il, contient toute la fortune de la France.

La paix et le bonheur avaient fui le royaume, autrefois si joyeux et si pacifique, de Tout-à-la-Joie.

On ne voyait que gens qui discutaient et même disputaient.

« J'ai trouvé le moyen, le bon moyen, le moyen unique, de chasser

les lutins, disait l'un des savants, dont le nez était orné d'une énorme paire de lunettes. Il faut...

— Un moyen unique, dites-vous! s'écriait l'adversaire, dont la tête était enfoncée sous une colossale perruque; vous m'avez donc dérobé le mien, car il n'en existe pas d'autre que celui que ma science m'a révélé. Il faut...

— Mon remède est plus efficace que tous ceux que vous pourrez imaginer, interrompait un troisième. Il faut...

— Vous reconnaîtrez pourtant bien..., reprenait le premier.

— Vous ne pouvez vous refuser à admettre..., argumentait le second.

— Tous les gens de bon sens seront d'accord..., poursuivait le troisième, qui ne s'était pas arrêté et avait continué sa phrase.

— Il faut être un âne pour soutenir une chose pareille!

— Ane vous-même! »

Des paroles on allait en arriver aux coups, et la querelle s'envenimait, se poursuivait jusqu'à la porte du roi, si bien que les gardes n'avaient plus d'autre occupation que de chasser tous les disputeurs à coups de hallebarde.

— Cela ne m'apprend pas, dit la petite fille,
Pourquoi de l'œuf il faut écraser la coquille.

— Pourquoi? pourquoi?
Tu le sauras une autre fois.

— Pourquoi, petit papa, dit la petite fille,
Faut-il donc de mon œuf écraser la coquille?

— Pourquoi? pourquoi? gentille enfant,
Tu l'apprendras en m'écoutant.

Enfin le jour de la séance royale se leva. Le roi prit place sur son trône.

La couronne en tête, le sceptre en main, le globe représentant le monde placé à côté de lui, sur un coussin de velours rouge, le roi commença ainsi :

. . . .

C'était vraiment un spectacle imposant. La salle était pleine de savants venus des quatre coins du royaume, qui se pressaient autour du trône pour entendre la parole royale.

Au dehors, une foule pareille s'entassait dans la cour, car tous les savants n'avaient pu entrer dans la salle du trône ; elle débordait encore dans les jardins du château, au delà des ponts-levis, dans le parc et dans la ville.

Le roi commença donc ainsi :

. . . .

C'était un roi de fort bonne mine; sa perruque poudrée, accommodée à la dernière mode du jour, lui allait à ravir, et son ample manteau de velours bleu, doublé de vair et bordé d'hermine, lui donnait un air tout à fait majestueux.

Il commença :

. . . .

Toutes les oreilles étaient prêtes pour ne pas perdre une seule des paroles qui allaient sortir de cette bouche auguste ; mais il n'y avait pas que des oreilles de savants qui fussent tendues dans cette intention.

Il y avait d'abord celles des gardes et des hérauts d'armes ; de bonnes longues oreilles qui disparaissaient en partie sous leur casque ou sous l'énorme fraise qui leur entourait le cou.

Il y avait en outre une quantité d'oreilles minuscules, qui, pour être petites, n'en étaient que plus fines, et qui s'apprêtaient à saisir toutes les phrases du monarque.

C'étaient celles des lutins, pygmées, korrigans, qui venaient écouter le discours du roi, d'abord pour savoir ce qui allait être décidé à leur égard, mais surtout, les malicieuses petites créatures, dans l'espoir que ce discours leur prêterait à rire.

Le roi commença donc :

. . . .

Mais à quoi bon répéter ses propres paroles ? D'abord je dois avouer que je ne me les rappelle plus bien exactement. Je sais seulement qu'il prononça des phrases très longues, que je ne suis pas bien

Il s'étendit très longuement sur la nécessité de se débarrasser des lutins, ce qui me paraît inutile, puisque tout le monde était d'accord à ce

sûr d'avoir comprises, mais qui jetèrent dans l'admiration les savants qui les rapportèrent, ce qui me fait supposer qu'ils furent plus heureux que moi.

sujet et que d'ailleurs c'était dans ce dessein que les savants étaient réunis.

Il s'étendit non moins longuement sur les tours que ces damnables petits êtres jouaient à ses sujets, ce qui me semble aussi inutile que le reste, vu que les savants étaient renseignés à merveille, les lutins ne les ayant pas plus épargnés que les autres sujets de Sa Majesté.

Il finit en adjurant les susdits savants de chercher avec ardeur et de trouver promptement un remède à cet état de choses.

Et comme l'édit publié à son de trompe avait déjà fait appel à leur science, il me semble que le roi aurait pu encore économiser cette partie de sa harangue.

Quoi qu'il en soit, ce discours fut jugé fort beau par tous ceux qui l'entendirent, et il était à peine terminé que des acclamations et des applaudissements éclatèrent de toutes parts : « Longue vie au roi ! Longue vie au roi Bonasse Ier ! »

Le conteur s'étant arrêté :

— Cela ne m'apprend pas, dit la petite fille,
Pourquoi de l'œuf il faut écraser la coquille.

— Pourquoi? pourquoi?
Tu le sauras une autre fois.

— Pourquoi, petit papa, dit la petite fille,
Faut-il donc de mon œuf écraser la coquille?

— Pourquoi? pourquoi? gentille enfant,
Tu l'apprendras en m'écoutant.

Le roi venait de terminer son discours au milieu des vivats, des applaudissements, des explosions d'enthousiasme, lorsque partirent, de droite, de gauche, du plafond, du parquet, de tous les recoins de la salle, des rires étouffés, des sons discordants, des cris aigus, des ricanements.

« Qu'est-ce ci ? s'écria le roi, saisissant son sceptre.

— Sire ! sire ! les pygmées ! les lutins ! les korrigans ! les gnomes ! s'écria-t-on de toutes parts.

— Ce sont ces abominables petites créatures, vociféra un des savants à grosse perruque, qui se permettent de railler le magnifique discours que Votre Majesté vient de prononcer. Ils doivent être châtiés rudement. Permettez-moi d'aller les traiter comme ils le méritent.

— Non, c'est à moi que cette tâche est réservée, s'écria un autre assistant ; c'est moi qui vais les chasser, si Votre Majesté veut bien m'en donner l'ordre.

— Non, c'est moi ! c'est moi ! c'est moi ! »

Tous criaient si bien à la fois qu'on ne savait auquel entendre.

Le roi brandit son sceptre, comme s'il se disposait à le jeter à la tête de ceux qui vociféraient si fort.

« Paix ! s'écria-t-il, et silence ! Tenez vos langues, si vous pouvez ! Chasser ces pygmées ! c'est bien malin ! C'est une tâche pour des écoliers ! Ce qui est difficile, ce n'est pas de les chasser, mais c'est, une fois chassés, de les empêcher de revenir.

— J'ai un moyen, un moyen certain, un moyen infaillible pour arriver à ce résultat, dit le docteur Bésiclus en s'élançant à la tribune.

— Voyons ce moyen ! s'écrièrent une douzaine de petites voix railleuses ; voyons ce moyen, Monsieur le docteur !

— Ce moyen, le voilà, s'écria Bésiclus. »

Et il tira de dessous les plis d'une vaste robe à larges manches un vieux fer à cheval.

« Ah ! ah ! ah ! firent les petits ricanements moqueurs.

— Chacun sait, reprit l'orateur, qu'un fer à cheval est un préservatif infaillible contre les enchantements. »

Les ricanements se firent entendre de plus belle.

« Ah ! ah ! ah !

« Ah ! ah ! ah ! Il est bon, le vieux, avec son vieux fer ! C'est ça qui nous fera joliment peur !

— Donc, reprit Bésiclus, que chaque habitant de Tout-à-la-Joie ait toujours dans sa poche un vieux fer à cheval; plus il sera rouillé, moins les pygmées approcheront. »

Le roi fit observer à l'éminent orateur que, dans la ville de Tout-à-la-Joie, il n'y avait, en fait de chevaux, que ceux qui traînaient son propre carrosse, et que, par conséquent, chaque habitant de la ville ne pouvait posséder un de ces fers précieux. Le préservatif devait être excellent, mais il n'était pas à la portée de tous.

« Ah ! ah ! ah ! ah ! firent les lutins.

« Enfoncé le vieux savant !

— A un autre orateur ! dit le roi.

— Le fer à cheval est certainement un excellent palladium contre les sortilèges, dit le docteur Cabochus en montant à son tour à la tribune, et l'honorable préopinant a montré sa science profonde en en

préconisant l'emploi ; mais, ainsi que l'a fait remarquer Sa Majesté, avec la haute raison qui la caractérise, un fer à cheval...

— Ah ! ah ! ah !

— Plus haut ! l'orateur !

— Plus vite ! le vieux ! »

Ces interruptions irrévérencieuses étaient encore le fait des lutins.

Cabochus reprit sans s'émouvoir :

« Ainsi que l'a fait remarquer Sa Majesté, avec la haute raison qui la caractérise, un fer à cheval...

— Ah ! ah ! ah !

— Plus haut ! l'orateur !

— Plus vite ! le vieux !

— Un fer à cheval est un objet rare et cher. Tout le monde n'a pas un fer à cheval à sa disposition, tandis qu'une sonnette...

— Une sonnette! ah! une sonnette!

— Ah! ah! ah!

— Ah! ah! ah!

— Une sonnette! ah! la bonne invention!... »

Et les petites voix se mirent à caqueter et à rire si bruyamment, qu'il n'y eut plus moyen de s'entendre.

« Une sonnette! une sonnette! » criait toujours l'orateur, pendant que les cris de : « A bas les lutins! » et : « Vive Sa Majesté Bonasse! » se mêlaient à ceux de : « A bas l'orateur! » poussés par de petites voix grêles, mais perçantes.

— La séance est levée! » dit la pauvre Majesté, assourdie de tout ce tapage.

Et chacun s'en retourna chez soi.

— Cela ne m'apprend pas, dit la petite fille,
Pourquoi de l'œuf il faut écraser la coquille.

— Pourquoi? pourquoi?
Tu le sauras une autre fois.

— Pourquoi, petit papa, dit la petite fille,
Faut-il donc de mon œuf écraser la coquille?

— Pourquoi? pourquoi, gentille enfant.
Tu l'apprendras en m'écoutant.

Après la séance orageuse dans laquelle les savants avaient tenté, mais vainement, d'exposer au roi les moyens qu'ils avaient imaginés pour chasser et bannir à jamais les lutins du royaume de Tout-à-la-Joie, S. M. Bonasse Ier s'était retirée dans ses appartements, près de la princesse Fanfreluche, sa fille. La princesse était, ce jour-là, plus jolie encore que d'habitude.

Elle portait une robe de brocart d'argent brodée d'or, de perles et de rubis. Un petit bonnet de velours rouge, surmonté d'une couronne de diamants et de saphirs, ornait sa tête. Mais plus brillant que l'or de sa robe était l'or de ses beaux cheveux blonds, qui tombaient en anneaux sur ses épaules et qui formaient une auréole autour de son front.

Plus doux que les saphirs et plus brillants que les diamants de sa couronne étaient les yeux bleus et lumineux de la princesse.

Plus roses que les rubis de ses bracelets, plus éclatantes que les perles qui formaient la broderie de son vêtement, étaient ses lèvres roses et ses dents blanches, que laissait entrevoir le moindre sourire.

Cependant, ce matin-là, la princesse ne souriait pas ; elle était plongée dans ses pensées.

Le roi venait de lui raconter ce qui s'était passé à la séance.

« Décidément, avait-il conclu, je crois que tous les savants de mon royaume sont des ânes.

— Mais, avait répliqué la princesse, ils n'ont pas eu le temps de s'expliquer ; ces méchants lutins...

— Bon ! Bésiclus avec son fer à cheval !... Cabochus avec sa sonnette !...

— Tous ne se sont pas fait entendre. Peut-être en était-il parmi eux...

— Ils enverront leurs mémoires : nous verrons bien ; mais je doute qu'ils trouvent jamais rien de bon ! Décidément, j'incline à croire que ce sont tous des ânes bâtés. D'abord, en est-il un seul entre tous qui se soit aperçu que l'heure du dîner était arrivée ? Arrivée !... elle est bien passée depuis une grande demi-heure. Ne t'en es-tu pas aperçue aussi, ma fille ? »

Fanfreluche ne répondit pas ; elle était absorbée dans de profondes réflexions.

« A quoi donc pense notre maître d'hôtel, de laisser ainsi passer

l'heure de notre repas? Fanfreluche, cela vous regarde, ma chère amie : c'est vous qui êtes notre ministre de l'intérieur, pour tout ce qui concerne notre royale maison et notre royal estomac. Fanfreluche!

— Sire !

— N'entendez-vous pas, ma fille, ce que je vous dis ?

— Quoi donc, mon père ?

— Qu'il est midi et demi ; que l'heure du dîner est passée depuis longtemps et que mon estomac crie famine. D'où vient que la cloche n'a pas encore sonné ?

— C'est que le maître d'hôtel s'est rendu, comme tout le monde, à la séance royale et que le couvert n'est pas encore prêt.

— Mais les œufs vont être durs, le rôti brûlé, la sauce tournée, le vin échauffé !

— Ne craignez rien, Sire ; je croirais plutôt que les œufs sont encore sous la poule, que la broche ne fait que de commencer à tourner et que le vin est toujours à la cave.

— Par exemple ! Et pourquoi, s'il vous plaît ?

— C'est que le cuisinier en chef avait suivi le maître d'hôtel, que les aides ont suivi le cuisinier, les marmitons les aides, les gâte-sauce les marmitons, et que le sommelier a fait de même.

— Mais alors quand dînerai-je ? s'écria le roi exaspéré.

— Quand les œufs seront sous la serviette, le rôti cuit, la sauce à point et que le vin sera tiré, dit tranquillement la princesse.

— Vous en parlez bien à votre aise, ma fille ! Pour moi, qui n'ai pas un estomac si complaisant que le vôtre, je tirerai une vengeance éclatante de la conduite de tous ces gens-là, et je les condamnerai... »

En ce moment la cloche sonna, et le roi, dans la joie que lui causèrent ces vibrations qui lui annonçaient enfin le dîner, oublia de formuler sa condamnation.

« A table ! à table ! dit-il en offrant la main à sa fille pour passer dans la salle à manger.

— Bon appétit ! » firent de petites voix moqueuses.

C'étaient encore les lutins.

— Cela ne m'apprend pas, dit la petite fille,
Pourquoi de l'œuf il faut écraser la coquille?

— Pourquoi? pourquoi?
Tu le sauras une autre fois.

— Pourquoi, petit papa, dit la petite fille,
Faut-il donc de mon œuf écraser la coquille ?

— Pourquoi? pourquoi? gentille enfant,
Tu l'apprendras en m'écoutant.

Le roi a fini de dîner.

Le repas s'est fait attendre, c'est vrai, mais il était excellent.

Le roi a repris toute sa bonne humeur, et mérite plus que jamais le nom de Bonasse Ier.

Il a complètement oublié sa colère contre le maître d'hôtel, le cuisinier, ses aides, les marmitons, le gâte-sauce et le sommelier.

Il ne songe plus à les condamner... à quoi ?

A quoi allait-il les condamner?

Probablement à jeûner au pain et à l'eau, pour les punir de l'avoir fait jeûner lui-même.

Il ne songe qu'à digérer paisiblement.

C'est dans cette pensée qu'il se promène dans les jardins de son palais, en compagnie de sa fille, la jolie Fanfreluche.

De loin, les farfadets, gnomes, lutins, pygmées, korrigans, les regardent aller et venir sur la terrasse.

Ils admirent la princesse, ses cheveux blonds plus brillants que l'or de sa robe, ses yeux plus scintillants que les pierreries de sa couronne, ses dents d'un blanc plus éclatant que les perles de son manteau.

Sur son passage, la princesse entend de petites voix murmurer :

« Qu'elle est gentille! Que ses regards sont doux! Que ses cheveux sont jolis! Que son teint est délicat! Que ses joues sont fraîches et roses! »

La princesse a perdu son air mélancolique.

Elle roule un projet dans sa jolie petite tête, la gentille petite princesse.

« Sire! dit-elle.

— Qu'y a-t-il, ma fille?

— Sire, vous savez que ma nourrice a beaucoup d'esprit.

— Ah! ah! beaucoup d'esprit?... dit le roi.

— Oui, Sire, beaucoup d'esprit!

— Allons! je ne disputerai pas avec toi : mettons qu'elle a beaucoup d'esprit!

— Que c'est une femme très avisée.

— Très avisée?... Je le veux bien. Mettons qu'elle est très avisée!

— Qui ne peut donner que de bons conseils.

— Hum! hum! fit Sa Majesté, en prenant une prise...

« Mais bah! je ne veux pas te contrarier. Où veux-tu en venir?

— Eh bien, Sire, ma nourrice a imaginé un moyen, quand les lutins seront chassés, pour les empêcher de revenir.

— Ah bah! nous voudrions voir cela! ricanent les lutins, qui ne perdent pas un mot de la conversation.

« Nous chasser! possible! mais nous empêcher de revenir!... Ah! oui, nous voudrions voir cela!

— C'est-à-dire, fit le roi en s'adressant à sa fille, que ta nourrice, à elle toute seule, aurait plus d'esprit que tous les sages de mon royaume réunis?

R. B.

— Dame! peut-être bien! murmura Fanfreluche.

— Il n'y a pas de « peut-être », dit le roi, je suis sûre qu'elle en a davantage; mais ça ne veut pas dire qu'elle en ait beaucoup. Enfin cette idée, quelle est-elle?

— Elle propose d'entourer la ville de Tout-à-la-Joie de fossés et de les remplir d'eau.

— Les remplir d'eau! exclamèrent les lutins d'une voix désolée.

— Les remplir d'eau!

— C'est fait de nous! Chacun sait que l'eau et les lutins n'ont jamais fait bon ménage... Qui a pu indiquer à cette vieille ce moyen de nous empêcher de rentrer ici, si jamais on nous en chasse? C'en est fait de nous! c'en est fait de nous! »

Et les petites créatures tombèrent pâmées dans les bras les unes des autres, pendant que deux d'entre elles se regardaient d'un air ahuri en se disant :

« Eh bien! qu'est-ce que tu dis de cela?

— Elle a trouvé, la vieille. Elle a trouvé le bon moyen de nous nuire!

— Gare à nous si nous nous laissons mettre dehors! »

— Cela ne m'apprend pas, dit la petite fille,
Pourquoi de l'œuf il faut écraser la coquille?

— Pourquoi? pourquoi?
Tu le sauras une autre fois.

— Pourquoi, petit papa, dit la petite fille,
Faut-il donc de mon œuf écraser la coquille?

— Pourquoi? pourquoi? gentille enfant,
Tu l'apprendras en m'écoutant.

« Pas mauvaise, l'idée, pas mauvaise, dit le roi en hochant la tête, lorsque la princesse lui eut expliqué tout au long le projet de Cunégonde.

« Ta sainte femme de mère avait bien raison de dire que la brave créature ne manquait pas de jugement. Oui, elle avait raison.

« Eh bien! puisqu'elle a trouvé la clef de l'énigme, inutile d'écouter les sorciers, les enchanteurs, sages et prétendus savants qui disent avoir résolu le problème; je vais tous les congédier. »

Et le roi, ayant appelé son héraut, lui ordonna d'aller par toute la ville publier un nouvel édit, lequel, au nom du roi, enjoignait aux savants, sages, devins, sorciers, magiciens, enchanteurs, etc., d'avoir à rengainer leur science, attendu que le roi n'en avait plus besoin, et à reprendre au plus vite le chemin de leurs collèges, de leurs écoles, de leurs cavernes.

Quant à leurs gros livres, sans doute pour que leurs propriétaires n'eussent pas la peine de les remporter, il ordonna qu'ils fussent brûlés en place publique.

C'est ainsi que le savoir des fortes têtes de Tout-à-la-Joie s'envola en fumée.

Ces volumes étaient tellement nombreux, et ils formèrent pendant plusieurs jours un foyer tellement ardent, qu'une partie de la population de Tout-à-la-Joie vint s'y chauffer et y faire cuire son dîner.

Avant d'essayer l'efficacité du moyen proposé par Cunégonde, le roi, dont le cœur était rempli des sentiments les plus délicats, voulut récompenser la brave femme du projet qu'elle avait formé... sans savoir même si ce projet était réalisable et s'il avait l'efficacité que la nourrice lui attribuait. Chez les âmes généreuses, le payement précède toujours le service rendu.

Il résolut donc de lui conférer la noblesse, comme à la personne la

plus savante, la plus docte et la plus avisée de son royaume, et lui donna le titre de duchesse de Bon Conseil.

La nouvelle duchesse parut à la cour dans un costume magnifique, et avec un manteau si long et si lourd qu'il fallait deux pages pour le porter.

Bonasse Ier donna une grande fête en son honneur, et il ouvrit le bal avec la nouvelle duchesse.

Pour le coup, les lutins ne riaient plus; on ne les apercevait nulle part : ils se cachaient dans tous les coins.

. . . .

— Cela ne m'apprend pas, dit la petite fille,
Pourquoi de l'œuf il faut écraser la coquille.

— Pourquoi? pourquoi?
Tu le sauras une autre fois.

— Pourquoi, petit papa, dit la petite fille,
Faut-il donc de mon œuf écraser la coquille?

— Pourquoi? pourquoi? gentille enfant,
Tu l'apprendras en m'écoutant.

Quand le roi, avec l'aide de la nourrice de Fanfreluche, eut enfin découvert le moyen de débarrasser la ville de Tout-à-la-Joie des lutins qui s'y étaient établis, il publia un second édit.

De nouveau donc, le héraut parcourut les rues, places et carrefours de la cité pour faire connaître la volonté royale.

Par cet édit, il était ordonné à tout ingénieur, arpenteur, géomètre, terrassier quelconque, depuis le membre le plus savant de l'Académie des sciences jusqu'au plus modeste ouvrier, de mettre son savoir, ses outils, sa tête et ses bras au service du roi, afin de creuser autour de la ville un fossé assez large pour servir de défense contre les enragés farfadets.

Donc, dès le lendemain matin, on vit les arpenteurs et les géomètres, armés de leurs compas, de leurs cannes, de leurs plombs et de leurs ficelles, tracer des lignes, mesurer des distances, prendre des mesures, pendant que les ingénieurs et architectes couvraient de grandes feuilles de papier de chiffres et de signes scientifiques, auxquels toi et moi nous aurions eu bien de la peine à comprendre quelque chose.

Alors s'avancèrent de longues colonnes d'ouvriers armés de pelles, accompagnés d'une troisième colonne d'ouvriers munis de brouettes.

Aussitôt les uns se mirent à attaquer le sol avec leurs pioches, leurs compagnons à enlever la terre à mesure que les premiers la remuaient, et à la jeter dans des brouettes que les derniers allaient vider au loin dans la campagne.

Tous travaillaient avec ardeur, tant les animait l'espoir d'être promptement délivrés de l'engeance qui les tourmentait depuis si longtemps, si bien qu'en moins de huit jours la ville de Tout-à-la-Joie était entourée d'un large fossé.

Alors les ingénieurs allèrent explorer les montagnes voisines pour découvrir des sources afin de remplir le fossé.

Ils firent encore plan sur plan, devis sur devis, calculs sur calculs, et décidèrent d'employer à cet usage les eaux d'une jolie cascade qui, après être descendues de la montagne en bondissant, se réunissaient en une gentille petite rivière qui arrosait la prairie, en formant toutes sortes de jolies sinuosités.

Sans demander la permission à la gentille petite rivière, on lui creusa un nouveau lit qui, du pied de la montagne, la conduisit dans les nouveaux fossés entourant la ville.

Et ses eaux claires et transparentes, qui jusque-là n'avaient reflété que le ciel bleu ou les marguerites se penchant sur le bord, reflétèrent les murailles grises de Tout-à-la-Joie et les grosses tours qui la défendaient, ce qui était beaucoup moins gracieux.

Enfin, un beau jour, les fossés étant remplis, Tout-à-la-Joie se trouva transformée en île.

Alors, toujours d'après les conseils de la nourrice, chacun des habitants s'arma de tout ce qu'il put trouver de plus retentissant : qui de cymbales, qui de cors de chasse, qui de chapeaux chinois.

Ceux qui ne possédaient aucun instrument de ce genre s'en fabriquèrent à l'aide de chaudrons, de poêles à frire, de pelles, de pincettes, qu'ils faisaient résonner l'un contre l'autre.

Les petits enfants étaient accourus avec leurs tambours, leurs trompettes et leurs crécelles;

Les petites filles, avec les cuillers à pot et les casseroles de leur ménage;

La mère Gudule n'avait besoin d'aucun instrument; elle frappait ses deux mains l'une contre l'autre, et elles étaient si sèches qu'elles sonnaient comme des planchettes de bois.

Il résulta de tout cela un vacarme assourdissant, suivi d'un tumulte indescriptible, tel que les farfadets, qui craignent fort le désordre, ou qui, pour mieux dire, n'aiment que celui qu'ils font eux-mêmes, se mirent à fuir vers les portes, comme s'ils avaient eu des ailes aux talons.

Vous devinez leur terreur en apercevant le fossé plein d'eau.

Que faire? Que devenir?

Mais les habitants de Tout-à-la-Joie n'étaient pas cruels et ne voulaient pas la mort des petites créatures.

Ils posèrent des planches sur les fossés, et les lutins s'y élancèrent avec tant de hâte que plusieurs tombèrent dans l'eau, où ils se noyèrent.

Tant que leurs ennemis n'eurent point atteint l'autre bord, les habitants de Tout-à-la-Joie continuèrent à faire retentir leurs instruments.

De toute la journée ils ne cessèrent leur bruyant tapage, et les farfadets épouvantés s'enfuirent de tous côtés.

Tous finirent par passer le fossé; on retira les planches, et Tout-à-la-Joie put dormir tranquille, délivré pour jamais de la présence de ses ennemis.

— Cela ne m'apprend pas, dit la petite fille,
Pourquoi de l'œuf il faut écraser la coquille.

— Pourquoi? pourquoi?
Tu le sauras une autre fois.

— Pourquoi, petit papa, dit la petite fille,
Faut-il donc de mon œuf écraser la coquille?

— Pourquoi? pourquoi? gentille enfant,
Tu l'apprendras en m'écoutant.

Grâce à la sagacité de la duchesse de Bon Conseil, le royaume du roi Bonasse respirait.

On n'entendait plus personne se plaindre des méfaits des lutins, et pour cause.

C'est qu'il n'y avait plus un seul lutin dans tout le royaume.

Ce n'était pas que l'envie d'y rentrer leur manquât, et plus d'une fois ils étaient venus sur le bord du fossé, dans l'espoir qu'ils le trouveraient à sec et qu'ils pourraient le franchir.

Mais leur espoir avait été déçu; la cascade de la montagne continuait à verser ses flots cristallins dans le nouveau lit qui lui avait été tracé, et les farfadets s'étaient vus forcés de se retirer sans avoir eu d'autre satisfaction que celle de contempler les tours et les murailles de la ville.

Aussi, maintenant tout était-il paix et concorde dans le royaume de Tout-à-la-Joie.

Personne ne tourmentait plus les petits enfants, qui ne grognaient plus jamais, et dont les petites figures roses étaient toujours gaies et souriantes.

Les abeilles procédaient tranquillement à la fabrication de leur miel et n'avaient envie de piquer personne, car personne ne venait les troubler dans leur travail.

Les horloges ne se permettaient plus de sonner les heures à l'aventure, de petites mains malicieuses ne s'avisant plus de tourner les aiguilles à tort et à travers.

Les enseignes des marchands restaient à leur place, et on ne voyait pas, un beau matin, celle du boucher s'étaler devant la boutique du confiseur et celle du pharmacien décorer l'hôtel du Lion d'Or, annonçant qu'on y trouverait des drogues et médecines au plus juste prix.

Mais qui était le plus content de tout cela?

C'était la princesse Fanfreluche.

Le roi avait promis la main de sa fille à celui qui trouverait le moyen de délivrer le pays des farfadets, gnomes, pygmées, lutins, quelque nom qu'on veuille bien leur donner.

Or, la princesse ne se souciait pas, mais pas du tout, d'épouser un vieux savant, portant une grosse perruque, de grosses lunettes, et qui aurait passé toute sa vie à feuilleter de gros livres poudreux.

Je suis sûr que cela ne t'étonne pas et qu'à sa place, tu eusses été du même avis.

Le roi ne s'en souciait pas non plus beaucoup, et il était bien aise d'être délié de cet engagement, pris un peu à la légère.

Généralement les rois préfèrent avoir pour gendres des princes riches et puissants, et le roi Bonasse, tout « bonasse » qu'il était, ne pensait pas différemment que les autres.

La princesse ne tenait pas à ce que celui qu'elle épouserait fût riche et puissant; mais elle tenait à ce qu'il lui plût, ce qui est assez naturel.

Donc, un jour, le roi emmena sa fille se promener sur la terrasse du palais.

Les paons faisaient la roue autour d'eux.

Ils étaient jaloux de la princesse, et ils étalaient leur queue pour en faire admirer les riches nuances, et ils tournaient la tête de-ci et de-là, et ils se pavanaient pour tâcher d'éclipser Fanfreluche.

Mais ils avaient beau faire, ils ne parvenaient à avoir ni sa grâce ni sa beauté.

« Ma fille, dit le roi à la princesse, vous savez (il lui disait vous dans les occasions solennelles) que j'ai promis votre main à celui qui...

— Oui, mon père.

— Mais c'est votre nourrice qui... et vous ne pouvez épouser votre nourrice.

— En effet, mon père.

— Eh bien, dis-moi, mon enfant, reprit le roi, qui ne pouvait garder longtemps le ton solennel, ni par conséquent le « vous » cérémonieux, ce que je dois répondre au prince Saphir, qui me demande ta main.

— Dites-lui, Sire, que je ferai ce que Votre Majesté ordonnera, » murmura tout bas Fanfreluche en faisant la révérence.

C'est ainsi que se termina la conversation du roi et de la princesse.

. . . .

— Je ne vois pas encor, dit la petite fille,
Pourquoi de l'œuf il faut écraser la coquille.

— Pourquoi? pourquoi?
Tu le sauras une autre fois.

— Ne saurai-je jamais, dit la petite fille,
Pourquoi de l'œuf il faut écraser la coquille?

— Pourquoi? pourquoi? gentille enfant,
Tu l'apprendras en m'écoutant.

Le lendemain de la conversation du roi et de sa fille, un charmant prince arriva au palais, accompagné d'une suite de seigneurs de haut lignage, tous vêtus magnifiquement.

C'était le prince Saphir.

C'est pour le coup que les paons se rengorgèrent, et se tournèrent, et étalèrent leurs queues.

Mais ils eurent beau faire, ils ne parvinrent pas plus à éclipser le prince que, la veille, ils n'avaient éclipsé la princesse.

D'abord le prince Saphir était vêtu presque aussi magnifiquement qu'eux, et l'on sait pourtant que la nature ne s'est pas montrée avare dans l'habillement qu'elle a donné au paon!

Le prince portait un justaucoprs de velours bleu... saphir, qui lui allait merveilleusement bien et qui faisait ressortir ses cheveux blonds, ses yeux noirs et sa taille élégante.

La princesse aussi avait fait toilette pour le recevoir.

Comment décrire son ajustement?

Pour cela, il eût fallu la regarder; mais il s'émanait de toute sa personne des rayonnements si éblouissants, qu'il était impossible d'en soutenir la vue.

La robe couleur de soleil dont il est question dans le conte de *Peau-d'Ane,* cette fameuse robe qui rendait aveugles tous ceux qui y jetaient un regard, ne brillait pas d'un éclat plus resplendissant.

Le prince fut présenté à la princesse, qui le trouva tout à fait à son goût et qui déclara au roi son père qu'elle était prête à obéir à ses ordres. Donc, un mois après, juste le temps de faire faire son trousseau, la princesse Fanfreluche épousa le prince Saphir.

Il y eut des réjouissances sans nombre à cette occasion.

Pendant huit jours, les fontaines publiques versèrent du lait et du sirop de groseilles, et il y eut, dans tout le royaume, une distribution gratuite de galettes, de brioches, de sandwichs et d'éclairs au chocolat.

Puis le prince fit monter la jolie princesse dans un carrosse tout doré, traîné par douze chevaux blancs harnachés de velours rouge, et l'emmena dans son royaume.

C'est ainsi que la princesse Fanfreluche quitta la ville de Tout-à-la-Joie, escortée d'une multitude de gens qui criaient :

« Longue vie à la princesse Fanfreluche, la fille de notre bien-aimé roi Bonasse Ier !

« Longue vie au prince Saphir, l'heureux époux de la princesse Fanfreluche! »

— Mais quand saurai-je donc, dit la petite fille,
Pourquoi de l'œuf il faut écraser la coquille?

— Pourquoi? pourquoi?
Tu le sauras une autre fois.

— Enfin m'apprendras-tu, dit la petite fille,
Pourquoi de l'œuf il faut écraser la coquille?

— Pourquoi, pourquoi, gentille enfant,
Tu le sauras en m'écoutant.

La ville de Tout-à-la-Joie n'était plus si gaie que par le passé, car la jolie princesse était partie pour toujours, et chacun la regrettait.

Néanmoins on continuait à y vivre en paix.

Il n'était plus question des lutins.

Seuls les grands-pères savaient ce que signifiait ce mot, mais les petits garçons et les petites filles, assemblés autour de lui, près de la cheminée en hiver, devant la porte en été, n'en avaient jamais vu.

Alors les grands-pères leur parlaient des méfaits de ces petits personnages, et parfois ils ne pouvaient s'empêcher de sourire en se rappelant les tours qu'ils leur jouaient lorsqu'ils étaient enfants.

Quand le danger est passé, souvent on en plaisante.

Les petits garçons et les petites filles ouvraient de grands yeux et des oreilles encore plus grandes à ces récits; et quand ils étaient finis, ils disaient :

« Encore ! »

Et le grand-père de recommencer.

Mais voilà qu'un jour, ou plutôt une nuit, les bébés de Tout-à-la-Joie furent de nouveau troublés dans leur sommeil.

De nouveau leurs cheveux furent tirés, et leurs bonnets enlevés, et leurs couvertures arrachées.

Alors on entendit, ce que depuis nombre d'années on n'avait pas entendu à Tout-à-la-Joie, les enfants pleurer et leur mère les gronder.

En même temps les horloges se mirent, les unes à avancer, les autres à retarder, si bien qu'on ne savait plus s'il était l'heure de déjeuner ou l'heure de se coucher.

Les abeilles menaçaient de quitter leurs ruches, où elles ne pouvaient plus travailler en paix.

Et les écoliers ne voulaient plus aller à l'école, car souvent, quand ils y arrivaient, ils trouvaient leurs devoirs tachés d'encre,

leurs livres déchirés, ce qui les troublait de telle sorte qu'ils ne pouvaient plus réciter leur leçon.

Alors le maître leur donnait des pensums.

Tout-à-la-Joie était-il donc de nouveau la proie des malicieux lutins?

Pourtant les fossés existaient toujours, et la cascade continuait à y verser ses eaux fraîches et transparentes.

Qu'était-il donc arrivé?

C'est ce que se demandaient les habitants, et c'est ce que se demandait aussi Bonasse Ier.

Ce pauvre roi, il était devenu bien caduc depuis le temps où il se promenait avec sa fille, la jolie Fanfreluche, sur la terrasse de son palais, en compagnie des paons qui faisaient la roue.

Néanmoins, il résolut d'aller conter ce qui se passait à la nourrice de Fanfreluche, qui, une première fois déjà, avait sauvé le royaume.

La pauvre duchesse de Bon Conseil était bien vieille et bien caduque aussi; elle ne quittait plus guère son fauteuil, lequel était surmonté de la couronne ducale, et ne pouvait plus faire autre chose que tricoter.

Ses trois petits roquets, qui ressemblaient à trois petits chiens de faïence, lui tenaient bonne et fidèle compagnie, de même que son perroquet, un beau cacatois blanc à huppe jaune, à qui, par bonheur, on n'avait pas appris à parler, ce qui fait qu'il ne disait pas de bêtises.

Mais si les yeux de la dame de Bon Conseil étaient affaiblis, si ses jambes avaient peine à la porter, si son oreille était devenue un peu dure, son esprit avait conservé toute sa lucidité.

Le roi, ayant pris un bâton pour assurer ses pas tremblants, prit donc le chemin de sa demeure.

— Nourrice ! duchesse ! nourrice ! s'écria-t-il en arrivant, un nouveau malheur est venu fondre sur nous !

— Un nouveau malheur, Sire?

— Tout va mal dans mon royaume, comme au temps des lutins. Les enfants sont tourmentés, les horloges marchent tout de travers, les enseignes des boutiquiers ne sont plus à leur place...

— C'est que les lutins sont revenus, interrompit la duchesse.

— Les lutins revenus ! exclama le roi ; mais comment ?...

— Une enquête nous l'apprendra, » répliqua la bonne dame.

. . . .

— Mais quand saurai-je donc, dit la petite fille,
Pourquoi de l'œuf il faut écraser la coquille?

— Pourquoi? pourquoi?
Tu le sauras bientôt, ma foi!

— Je saurai donc bientôt, dit la petite fille,
Pourquoi je dois de l'œuf écraser la coquille?

— Pourquoi? pourquoi? gentille enfant,
Tu le sauras prochainement.

D'après les ordres de la duchesse de Bon Conseil, on envoya des pages dans toutes les directions, afin de s'enquérir du moyen par lequel les farfadets avaient pu s'introduire dans le pays, si bien fermé, de Tout-à-la-Joie.

Les petits pages, qui ne demandaient qu'à aller se promener, accueillirent avec grand plaisir l'occasion qu'on leur offrait.

Ils avaient déjà parcouru tout le pays sans rien voir d'extraordinaire, lorsque, en arrivant sur le bord de l'eau, l'un d'eux poussa une exclamation qui fit accourir ses camarades.

Qu'y avait-il donc?

Une douzaine de petites, toutes petites embarcations, munies de leurs mâts, de leurs voiles, de leurs agrès, étaient échouées sur la rive.

« Les jolis joujoux! s'écrièrent les pages.

« Les petits-enfants de la princesse Fanfreluche (la jolie princesse était devenue grand'mère), les petits-enfants de la princesse Fanfreluche seront bien contents d'avoir ces gentils petits bateaux pour s'amuser.

« Ils les feront naviguer sur l'eau de leur baignoire, en soufflant dans les voiles pour les faire avancer. »

Très satisfait à la pensée du plaisir qu'il causerait aux petits princes, chacun des pages mit dans le creux de sa main une des mignonnes embarcations, et ils reprirent le chemin du palais.

Le roi avait ordonné qu'on les introduisît aussitôt leur retour.

Admis en présence du monarque, les pages lui remirent les petit bateaux.

Au grand étonnement des jeunes garçons, la vue de ces objets plongea le roi dans de profondes réflexions; mais ces réflexions n'avaient probablement abouti à aucune conclusion satisfaisante, car le roi résolut d'aller encore une fois consulter la duchesse de Bon Conseil.

Il congédia les pages, et, prenant un des petits bateaux que ceux-ci venaient d'apporter, il se dirigea vers la demeure de l'ancienne nourrice.

« Ces bateaux, déclara la duchesse, sont fabriqués avec des coquilles d'œuf.

— Des coquilles d'œuf! exclama le roi.

— Et la voile qui sert à les diriger est faite avec la pellicule qui tapisse l'intérieur de ces coquilles.

— La pellicule!

— Et c'est dans ces bateaux, ajouta la vieille dame, que les lutins sont revenus ici.

— Dans ces bateaux ! »

La perspicacité de la nourrice n'avait pas été en défaut, cette fois, plus que la première.

C'était, en effet, dans ces légères coquilles, transformées par eux en embarcations, que les lutins trouvaient moyen de traverser les fossés jadis creusés pour la défense de la ville.

De hautes herbes avaient crû dans ces fossés et servaient d'abri à leur flotte minuscule pendant le jour.

La nuit venue, ils sortaient de leur abri de feuillage, et ils se dirigeaient vers un endroit de la berge où elle était un peu dégradée et d'accès plus facile.

C'eût été plaisir de voir, par un beau clair de lune, toute la gentille escadre voguer sur l'eau, chacune des embarcations contenant un lutin qui se laissait aller paresseusement au souffle du vent enflant sa voile légère.

Arrivés à destination, ils se séparaient et s'en allaient à leurs affaires: qui tourmenter les bébés, qui faire enrager leurs mères en bouleversant leur ménage ou en emmêlant le lin de leur quenouille, qui se suspendre aux poids des horloges pour les faire carillonner.

« Que faire? dit le roi à la duchesse de Bon Conseil.

— Je vais y réfléchir, » répliqua la bonne dame.

— Alors je vais bientôt, dit la petite fille,
Savoir pourquoi je dois écraser ma coquille?

— Oui vraiment, tu sauras pourquoi,
Sans faute, la prochaine fois.

— Je vais donc aujourd'hui, dit la petite fille,
Savoir pourquoi je dois écraser ma coquille?

— Eh oui, vraiment, gentille enfant,
Je vais te le dire à l'instant.

La duchesse de Bon Conseil passa toute la nuit sans dormir, se tournant et se retournant sur ses oreillers, ne pouvant trouver ce qu'elle cherchait.

« Comment s'y prendre pour empêcher les farfadets d'entrer dans la capitale ? »

Tout à coup, elle s'écria :

« Euréka ! »

Ce qui signifie : « J'ai trouvé ! »

Alors elle se leva, se fit habiller par ses filles de chambre, s'installa dans son fauteuil entre ses trois chiens ratiers et son cacatois à huppe jaune, et, reprenant son tricot, se mit à travailler activement, car elle avait coutume de ne pas perdre une minute.

Le roi non plus n'avait pas dormi.

Lui aussi cherchait un moyen de se débarrasser à jamais des lutins, mais il ne lui arriva pas, comme à la bonne duchesse, de dire : « Euréka ! » car il ne trouva rien du tout.

A peine fut-il l'heure de se présenter chez une dame, qu'il arriva chez l'ex-nourrice.

« Eh bien ? demanda-t-il.

— Eh bien !... Les lutins pénètrent ici à l'aide de coquilles d'œuf.

— C'est ce que vous m'avez déjà dit hier, duchesse. Mais comment les en empêcher ?

— Il faut publier un édit...

— Un édit ?

— Par lequel vous prescrirez à tous vos sujets, quand ils mangeront des œufs à la coque, d'en briser la coquille. »

. . . .

— De manière à ce que les lutins ne puissent s'en servir comme de bateaux ? s'écria la petite fille en frappant des mains.

— De manière à ce que les lutins ne puissent s'en servir comme de bateaux, répliqua le papa.

. . . .

Le roi fit donc publier l'édit dans toutes les rues, carrefours et places de Tout-à-la-Joie.

Et chacun se conforma à l'ordre qu'il renfermait.

Toutes les fois qu'on mangeait un œuf à la coque, on avait soin de transpercer la coquille de part en part avec sa cuiller.

Qui fut bien déconfit ?

Ce furent les lutins.

A quoi une coquille d'œuf peut-elle être bonne quand elle est percée?

C'est ainsi que Tout-à-la-Joie fut définitivement débarrassé de la présence des farfadets, gnomes, pygmées, lutins, comme on voudra les appeler.

. . . .

Donc, reprit le papa, s'il est ordonné d'écraser sa coquille, quand on mange un œuf à la coque, ce n'est pas, comme le croit le grand frère,

Pour ne pas être tenté de faire une farce;
Ou, comme dit le petit frère,
Pour faire voir qu'on veut bien un autre œuf;
Ni même, comme le croit grand'mère,

Pour que la coquille ne soit pas exposée à rouler à terre.

C'est simplement pour obéir aux ordres du roi et pour ne pas fournir des embarcations aux malicieux lutins.

— Merci, petit papa, dit la petite fille,
J'aurai toujours bien soin d'écraser ma coquille.

FIN

SOCIÉTÉ ANONYME D'IMPRIMERIE DE VILLEFRANCHE-DE-ROUERGUE
Jules BARDOUX, Directeur.

Paris. — Imp. Noizette, 8, rue Campagne-Première.

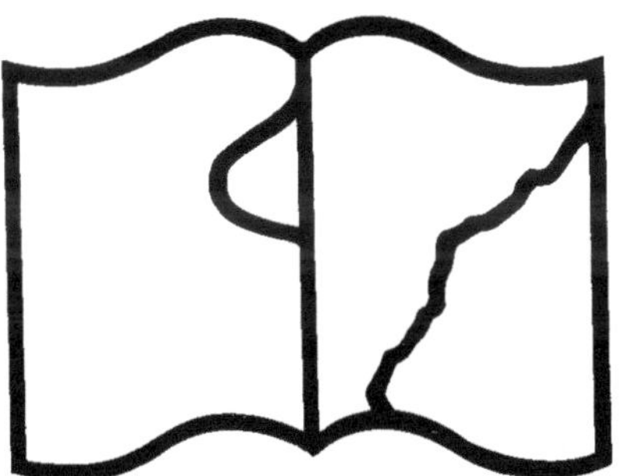

Texte détérioré — reliure défectueuse

NF Z 43-120-11

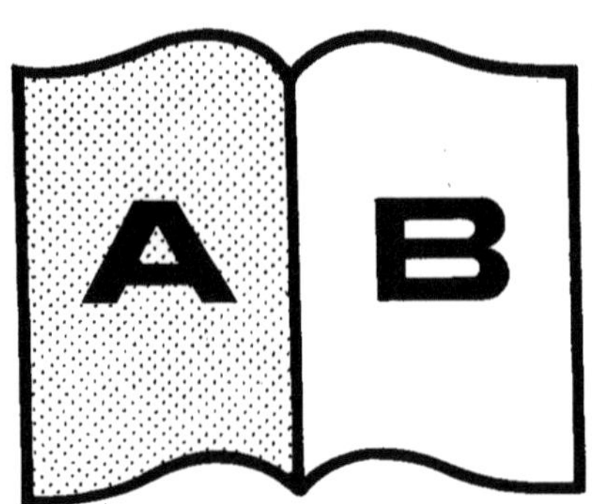
A
B

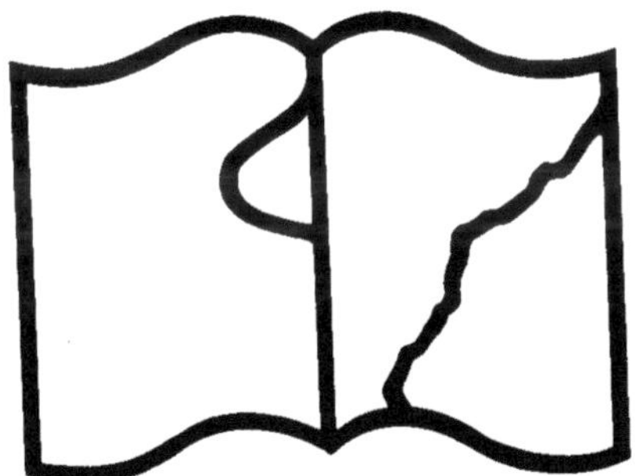

Texte détérioré — reliure défectueuse

NF Z 43-120-11

www.ingramcontent.com/pod-product-compliance
Ingram Content Group UK Ltd.
Pitfield, Milton Keynes, MK11 3LW, UK
UKHW051023210726
13857UKWH00007B/1244

9 782013 538954